ODES
ANACRÉONTIQUES
PAR
M. le Ch. de Savigny.

À PARIS
1762

Se vend, chez Duchesne, Im. Lib. vis à vis la Comédie françoise.

EPITRE
DEDICATOIRE
A
MA MAITRESSE.

 OY que je veux toujours aimer,
Quoique tu faſſes mon mar-
    tyre!
Toi pour qui j'ai monté ma
    lyre!
Toi que je n'oſerois nommer!

A

EPITRE DEDICATOIRE.

De mon amour reçois ce gage,
Tu peux seule y donner du prix ;
Mes feux, mes travaux, mon hommage
Sont trop payés si tu souris.

REFLEXIONS
SUR
ANACREON
ET
SUR LE GENRE
ANACRÉONTIQUE.

I les plaisirs délicats & les graces légères ont adopté plus particulierement un genre, c'est sans contredit celui du tendre Anacréon. Que ses fictions sont agréa-

bles ! que ses peintures sont riantes ! quelles sont animées ! Je ne crois plus lire un Poëte, il me semble que je vois, que j'entends le voluptueux le plus aimable & le plus séduisant de la Grece. Je me trouve à table à ses côtés ; je le suis avec sa jeune Amante sous un berceau consacré aux Amours, il fait passer dans mon ame les plaisirs dont il s'enivre. C'est cet air de vérité qui fait le charme principal des Odes d'Anacréon, & qui les fera lire avec un intérêt toujours vif dans les siécles les plus reculés.

Cependant nos Modernes orgueilleux qui semblent fouler aux pieds les Ouvrages immortels de l'antiquité, épargnent encore moins ce Peintre de la Nature, ce Favori des graces que les autres Poëtes.

J'ai vu donner la préférence à l'Impromptu de Saint-Aulaire sur la fameuse Ode des Souhaits, comme si l'esprit pouvoit atteindre au sublime du sentiment & le surpasser.

Pourquoi nos Chansons, qui ne sont traduites dans aucunes langues, plaisent-elles en France plus que les Odes d'Anacréon, qui font les délices de toutes les Nations? C'est qu'en général les François sont plus galans qu'ils ne sont tendres, plus spirituels que délicats: aussi trouve-t-on dans nos Chansons très-peu de sentiment & beaucoup de métaphysique, moins de naturel que d'esprit. Je ne parle pas de celles qu'on faifoit dans les fiécles paffés, qui péchent plus par le goût que par le fentiment.

Chaque pas que nous faifons à préfent nous éloigne de la Nature; fes couleurs ne nous femblent plus affez vives, on veut du fard. Bientôt on trouvera Corneille froid, Racine foible, & Quinaut fade. On préférera ce Vers du galant Fontenelle:

On ne doit point aimer quand on a le cœur tendre.

à ceux-ci qui expriment la même idée d'une façon bien différente:

Si j'aimois un jour par malheur,
Je connois bien mon cœur;
Il feroit trop fenfible.

Ces Vers de Quinaut, ces Vers
fi charmans, passeront pour être
très - communs, & l'on trouvera
celui de Fontenelle admirable, même dans la bouche d'une Bergere.

Anacréon qui étoit si naïf & si-
délicat, sentoit comme Quinaut, &
se seroit exprimé de même ; aussi
le mettrons-nous au-dessous de nos
Coulange & de nos Vadé ; aussi
déja trouvons-nous le genre, dont
il passe pour être l'inventeur, très-
petit & très-frivole.

Un Bel - Esprit non moins galant que Fontenelle, & qui n'étoit,
ainsi que lui, ni Poëte ni Amant ;
La Motte - Oudart l'a déja avancé
dans son Discours sur l'Ode ; il est
vrai qu'il ne l'a pas prouvé.

Une Ode Anacréontique eſt l'ouvrage du moment, & non pas de la réflexion ; c'eſt un impromptu du cœur où lui-même ſe peint d'une façon ingénue & badine. Si l'Auteur eſt doué d'un génie vraiment philoſophique, comme l'eſt tout homme ſupérieur, alors ſon Ode, quand il n'en auroit pas même le deſſein, prend la teinture de la Philoſophie. C'eſt ainſi que Moliere dans ſes moindres Piéces, laiſſe toujous entrevoir un but moral & ſérieux.

Je trouve dans Anacréon le Poëte le plus voluptueux, & le voluptueux le plus philoſophe. Qu'il parle de la mort, il l'enviſage d'un œil tranquille & dit en riant ce que le

sourcilleux Stoïcien dit d'un ton
triste & lugubre. Ce qui absorbe
celui-ci dans les réflexions les plus
profondes redouble l'enjoûment de
l'autre; aussi ne lui fait-on pas le
reproche que le grand Rousseau
fait à Epictete:

En vain d'un ton de Rhéteur,
Epictete à son Lecteur
Prêche le bonheur suprême;
J'y vois un Consolateur
Plus affligé que moi-même.

Personne n'est plus en état qu'A-
nacréon de nous familiariser avec
l'idée de la destruction de notre
être. Si je n'ai pas suivi en cela
mon modele, c'est que les femmes
reçoivent chez nous une éducation
bien différente de celle que l'on

donnoit aux femmes grecques. El-
les n'aiment point à voir la fom-
bre image de la mort à côté de la
peinture riante du plaifir. Je ne
prétends cependant pas heurter de
front le fentiment de M. Diderot,
qui veut que ce foit une beauté de
l'art, d'offrir ces deux perfpectives
en oppofition; mais je demande
fi l'on feroit bien reçu d'une Fran-
çoife en lui difant : » ces beaux
» yeux, cette bouche vermeille,
» ces traits enchanteurs, tant d'ap-
» pas enfin que j'idolâtre feront
» bientôt défigurés par la mort en
» attendant *da mihi ofcula mille*
» prodiguez-moi les plus tendres
» baifers.

C'étoit la mode chez les Grecs

& les Romains d'agir de la forte;
fans doute les Petites - Maîtreffes
de Rome & d'Athenes s'attendrif-
foient beaucoup à de femblables
difcours. Par-tout les femmes ont
toujours été efclaves de la mode;
mais en France où celle-ci n'a pas
encore paffé, je crois qu'un pareil
épanchement de cœur, loin d'être
du goût d'une jeune perfonne la
feroit encore plutôt rentrer dans
les bornes du devoir que les re-
montrances de fa mere.

Peut-être on me dira qu'en
France même, nos Chanfonniers
l'ont fait avec fuccès; tel Belleau dit
à fa douce Amie:

Baife-moi mignonement,
Serrément,

Jusques à temps que je die :
Las ! je n'en puis plus, ma vie !
Las , mon Dieu ! je n'en puis plus.
Ainsi ma douce guerriere,
Mon cœur , mon tout , ma lumiere,
Vivons ensemble , vivons
        Et suivons
Les doux sentiers de jeunesse,
Aussi bien une vieillesse
Nous menace sur le port,
Qui toute courbe & tremblante
Nous attraîne chancelante
La maladie & la mort.

Un Poëte aimable & brillant qui a peint le sentiment avec des couleurs si vives. Le ravissant Chaulieu faisoit encore de même ; mais je répondrai à cela qu'alors il étoit aussi vieux qu'Anacréon & qu'il avoit souvent la goute.

ODES

ODES
ANACRÈONTIQUES.

LIVRE PREMIER.

A L'AMOUR.

ODE I.

MOUR, rends mes chants si
doux,
Que Laure en soit attendrie,
Que mes rivaux soient jaloux,
Qu'Anacréon les envie.

B

Voluptueux Fortuné !
Quand il chantoit ſa tendreſſe !
Son front étoit couronné,
Par les mains de ſa Maîtreſſe.

Pour cent Beautés, tour-à-tour,
Il pinça ſi bien ſa lyre,
Que lorſqu'il te trompe, Amour,
C'eſt encor toi qui l'inſpire.

Dois-je moins compter ſur toi ?
Je ſuis conſtant, Laure eſt belle ;
Il n'aimoit pas comme moi,
Et n'a pas chanté pour elle.

LE POUVOIR
DE L'EXEMPLE.

ODE II.

Couché sur un lit de fleurs,
Un jour, près de sa Maîtresse,
Mirtil chantoit ses ardeurs
Sur sa flûte enchanteresse.

Un penchant secret, vers eux
Insensiblement m'entraîne :
Je vois ce Couple amoureux
Serrer tendrement sa chaîne.

J'éprouve un frisson léger,
Je me trouble, je m'enflamme ;
Un sentiment étranger
Se glisse au fond de mon ame.

Leurs transports délicieux,
Jusqu'à moi semblent s'étendre,
Tout s'embellit à mes yeux,
Tout y respire un air tendre.

Je vois bondir les agneaux
Près de ces Amans fidéles,
Et les amoureux oiseaux
Les applaudir de leurs ailes.

Eh ! quoi! dis-je, au fond du cœur,
Rien qu'à voir comme l'on aime,
J'éprouve un si grand bonheur !
Il faut donc aimer de même.

L'AMANTE INTERESSÉE.

ODE III.

Dialoguée entre CEPHISE & LINDOR.

CEPHISE.

Lindor, avant de m'offrir votre hommage,
Voyez les biens qu'Itis m'a deftiné;
Puis-je de vous efpérer davantage?

LINDOR.

Je n'ai qu'un cœur, & je vous l'ai donné.

CÉPHISE.

Itis enchante; & l'on croiroit voir même,
A fes accens, la terre s'animer;
Pour tout, enfin, fon adreffe eft extrême;
Et vous, Lindor, que fçavez-vous?

LINDOR.

Aimer.

CÉPHISE.

Si vous aviez, Lindor, un choix à faire:
Quel feroit l'Art qui vous plairoit le mieux?
De tous les Arts, celui qu'Itis préfére,
C'eſt de chanter.

LINDOR.

Moi? De plaire à vos yeux.

CÉPHISE.

Au rang qu'il tient, il en ajoute un autre;
Et de ma main, je paîrai fon ardeur:
Mais vous, Lindor, fi j'avois cru la vôtre;
Qu'aurois-je été?

LINDOR.

L'idole de mon cœur.

CÉPHISE.

Eh bien! qu'Itis offre ailleurs fon hommage;
Lindor vaut mieux, puifqu'il fçait mieux
aimer:
Le plus grand bien eſt un cœur fans partage:
Le plus grand Art eſt celui de charmer.

LE SONGE.

ODE IV.

JE reposois sur la fougere ;
Morphée avoit fermé mes yeux :
Je croyois être avec Glicere,
Et le Plaisir m'ouvroit les Cieux.

Minerve m'offrit la sagesse ;
Vénus les graces, la beauté ;
Hébé la fraîcheur, la jeunesse ;
Mars ses lauriers & sa fierté.

Bacchus dit, bois ; Apollon, chante ;
Et prends ce luth, s'il t'a charmé :
Tiens, dit Plutus, si l'or te tente ;
Amour me dit, aime, & j'aimai.

LE PORTRAIT

D E

L'AMOUR.

O D E V.

Etant hier à la toilette
D'un Enfant plus beau que le jour ;
J'avois déja pris ma palette
Pour le peindre : c'étoit l'Amour.

Ce Dieu me sourit d'un air tendre,
Puis me lançant un doux regard :
Qu'oses-tu, dit-il, entreprendre,
Après Ovide, après Bernard ?

Ne faut-il, pour te satisfaire,
Qu'un Portrait, poursuit l'Enchanteur :
Si tu veux me le laisser faire,
Je vais le graver dans ton cœur.

A ces mots, son front se colore;
Il s'avance, & du premier trait....
Vois-tu, dit-il, que j'ai peint Laure?
Eh bien! Laure est mon Portrait.

E N V O I.

A l'Amour je rendis hommage
Pour prix d'un présent si flatteur;
Et depuis, Laure, votre image
A toujours resté dans mon cœur.

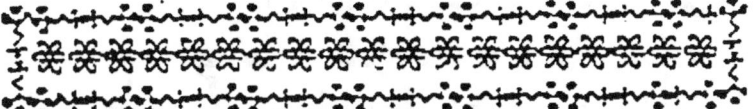

L'EXAMEN
DU PORTRAIT,
OU
Ce qui eſt plus beau que l'Amour.

ODE VI.

Ne me dis pas que ton Portrait,
Dieu d'amour, ſoit celui de Laure ;
Mon cœur n'en eſt pas ſatisfait :
Oui, j'y trouve à redire encore.

Tu conviéndras, de bonne foi,
Que tu n'as pas flatté ma Belle ?
Quand il ſeroit trop beau pour toi ;
Il ne peut l'être aſſez pour elle.

Avec ton ſourire enchanteur,
Elle a les traits de ton viſage :
Ils ſont bien beaux ; mais la pudeur
L'embellit encor davantage.

LA MALICE
DE
L'AMOUR.

ODE VII.

LE pet't Dieu qu'on nomme Amour;
Comment, pour un enfant, peut-il être si
   traître ?
Le fourbe, hier, m'a fait un tour
Le plus cruel qui soit peut-être.

Tiens, dit-il, voici mon carquois,
Trop longtemps les Mortels ont été mes
   victimes :
Je les ai trompés tant de fois,
Que j'ai honte, enfin, de mes crimes.

Je

Je suis méchant ; je me connois :
Chaque trait que je lance, est un feu qui
dévore ;
Loin de moi porte tous ces traits ;
Je pourrois m'en servir encore.

Prends mes ailes ; prends mon flambeau ;
Son pouvoir dangereux n'a plus, pour moi,
de charmes :
Il me reste encor mon bandeau ;
Mais, c'est pour essuyer mes larmes.

Le traître avoit l'air si naïf,
Des yeux si séduisans, un son de voix si tendre ;
J'éprouvois un plaisir si vif,
Que je pris tout sans m'en défendre.

Par ce moyen, dis-je à l'Amour,
Je vais porter le feu dans le cœur des cruelles ;
Sexe trompeur ! j'aurai mon tour !
Je vous brave enfin ; j'ai des ailes.

C

Hélas ! je m'en flattois en vain !
L'Amour m'offre Aglaé; je veux toucher son
ame ;
Et quand d'un trait j'arme ma main,
Un seul de ses regards m'enflamme.

Le feu pénetre en un moment;
Plus je veux l'étouffer, & plus il me dévore;
Je veux m'en plaindre vainement,
Le traître Amour m'insulte encore.

Il reprend son arc, son flambeau,
Puis me dit, en riant de mes peines cruelles:
Ami, crois-moi, prends mon bandeau,
Tu n'as plus besoin de mes aîles.

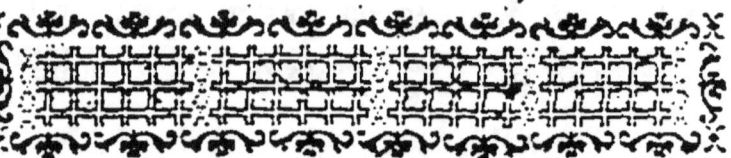

LES PAS PERDUS.

ODE VIII.

D'où viens-tu, me dit un jour
Cupidon? Je suis en peine,
Répondis-je au Dieu d'Amour;
Je viens des bords d'Hipocrene.

Pour chanter le doux poison,
Dont sçut m'enivrer Thémire,
De l'Amante de Phaon,
Je ne trouve point la lyre.

Ami! tes pas sont perdus,
Dit l'Amour, & c'est dommage;
Mais ta Sapho ne l'a plus,
C'est à présent Duboccage.

C ij

LE PORTRAIT.

ODE IX.

LA vanité ne me sied guere;
Cependant j'ai fait mon portrait;
Et dès que je le considere,
J'y vois le vôtre trait pour trait.

J'ai toujours cherché, belle Emire,
La douceur & la bonne foi;
Sans vous blesser, puis-je le dire,
Vous les cherchez ainsi que moi.

Je m'afflige comme vous-même,
Quand vous avez quelque souci;
Tout ce que vous aimez, je l'aime
Ce qu'il vous plaît, me plaît aussi.

Eſt-il plus grande ſympathie ?
Si j'en veux croire encor l'Amour,
C'eſt dans les bras de la Folie
Que ce Dieu nous donna le jour.

Il eſt vrai qu'en vous il raſſemble
L'eſprit, les graces, la beauté ;
Mais que cela ſeul ſoit ôté,
Je ſuis ſûr que je vous reſſemble.

LA CEINTURE
DE
VENUS.

ODE X.

VENUS, grondant son fils un jour,
　　Égara sa Ceinture ;
En la trouvant, le Dieu d'Amour
　　Dit : vangeons notre injure.

Alors, d'un air doux & flatteur ;
　　Il vous l'offrit, Glicere ;
Puis il se cacha dans mon cœur
　　Pour éviter sa Mere.

LA PORTE FERMÉE.

ODE XI.

Dialoguée entre L'AMOUR & LINDOR.

LINDOR

QUE fais-tu, petit Téméraire ?
Amour, où conduis-tu mes pas ?

L'AMOUR

Viens toujours, mon flambeau t'éclaire,
C'est-là que Laure, entre deux draps,
Repose ses naissans appas.

✳

LINDOR.

Mais, si quelqu'un vient nous surprendre;
La nuit redouble mon effroi :
On peut me voir, on peut m'entendre;
Et que penseroit-on ?

L'AMOUR.

Suis-moi;
Ne crains rien, je veille pour toi.

Ah ! Lindor, Laure eft endormie !
Ah ! quel teint ! ... quel bras fait au tour !...
Quels traits mignons !... qu'elle eft jolie !
Elle a l'éclat du Dieu du jour !
Eh bien ? ....

LINDOR.

Je n'ofe pas, Amour !

✳

Une voix, au fond de moi-même,
Me dit, ne la réveille pas ;
Je crains d'offenfer ce que j'aime ;
Amour.... Refpectons fes appas ?

L'AMOUR.

Au moins, avance encore un pas.

✳

Vois cette bouche enchantereffe
Qui refpire la volupté ;
Ce fein qui s'agite fans ceffe,
Te laiffe entrevoir fa beauté ?

LINDOR.

Dieu ! Que mon cœur eft agité !

L'AMOUR.

Eh bien !: Que cent baiſers de flamme
Prouvent ton amoureux tranſport....:

LINDOR.

Sur mes lèvres je ſens mon ame....:
Dois-je recommencer encor ?:

L'AMOUR.

Si tu crains, retournons, Lindor ?

❋

LINDOR.

Ah ! cruel ! Ton feu me tranſporte.:.:.:
Je me meurs!...Mais, quoi!...Je pourrois...

L'AMOUR.

Que veux-tu ?

LINDOR.

Va fermer la Porte ;
Je ne te le dirai qu'après.....
· · · · · · · · · · · · · · · · · · :.:

LE TRIOMPHE.

O D E X I I.

UN mirthe amoureux;
Va ceindre ma tête;
Mon bonheur s'apprête,
On comble mes vœux.

Quelle ardente flamme !...
Ainfi qu'un torrent,
Amour, dans mon ame;
Ton feu fe répand.

Je ne vois qu'Emire,
La terre, les cieux;
Tout ce qui refpire,
Eft dans fes beaux yeux.

Si ma main s'avance,
Pour preſſer ſa main ;
Mon ame ſoudain,
De mon ſein s'élance.

Tranſports raviſſans,
Dont l'ardeur m'embraſe;
Ah ! dans quel extaſe,
Vous plongez mes ſens !

Je reſpire à peine;
Le plaiſir vainqueur
Court de veine en veine;
Et bat dans mon cœur...

Elle a pû ſe rendre;
J'ai ſçû l'attendrir,
Comment , ſans mourir,
Ai-je pû l'apprendre ?

O Dieu des soupirs !
Emire est ma gloire ;
Chante nos plaisirs,
Cache ma victoire.

Fin du premier Livre.

ODES

ODES
ANACRÈONTIQUES.

LIVRE SECOND.

A SAPHO.

ODE I.

PRENDS-MOI cet art enchan-
teur,
O Sapho ! cet art que j'admire !
Par qui le trouble de ton cœur
Se répand jusques sur ta lyre.

D

Soit que tu chantes tes ardeurs
Pour Cidno, Mnais, & Syrenne,
Ou les amoureuses langueurs
Qu'inspiroit la tendre Lesbienne.

Soit qu'enfin, sur un autre ton,
Cédant aux transports de ton amè,
Ta lyre, de l'ingrat Phaon,
Cherche à ressusciter la flamme.

Si tes amoureuses chansons
Furent l'effet de ta tendresse,
Inspire-moi les mêmes sons,
Je sens déja la même ivresse.

Mais, que dis-je? Hélas! ton ardeur
Pouvoit-elle égaler ma flamme?
Tu meurs pour chasser de ton ame
L'ingrat qui cause ta douleur.

Moi qu'Eglé tient en esclavage !
Moi que l'ingrate fait souffrir !
J'ai juré de n'en pas mourir ;
Il faut aimer bien davantage.

L E
DÉPIT INUTILE.

O D E I I.

J'IRAI si loin, me disois-je en moi-même,
Qu'enfin Amour ne me reverra plus ;
Le petit traître ! il veut toujours que j'aime :
Pourquoi rend-il mes soupirs superflus ?

Allons, quittons pour jamais ce boccage,
Ne restons point sous ce mirthe enchanteur;
Je crois y voir la beauté qui m'engage;
Tout entretient mon amoureuse erreur.

Vous qui portiez mes soupirs à ma Belle,
Cruels Zéphirs ! Ah ! ne m'arrêtez plus !
Si l'Amour veut que je reste auprès d'elle,
Pourquoi rend-il mes soupirs superflus ?

❀

Naissantes fleurs de ces rives chéries,
Prés toujours verds, & vous arbres touffus,
Vous qui flattiez mes douces rêveries ;
C'en est donc fait, je ne vous verrai plus.

❀

Lieux si charmans ! lieux qui m'avez vu naître !
Où pour jamais mes soupirs sont perdus …
Il faut vous fuir, & j'en mourrai peut-être …
Mais c'en est fait, je ne vous verrai plus.

❀

Tandis qu'ainsi je soulageois ma peine,
Et que ma lyre exprimoit mes regrets,
Craignant plutôt de fuir une inhumaine
Que de quitter un séjour que j'aimois.

❀

L'Amour m'entend ; il fait paroître Laure
Avec un air si séduisant, si doux ;
Puis il me dit : Tu resteras encore....
Et je t'attends à ses genoux.

LE FATALISME.

O D E   I I I.

Enfin je viens de m'enflammer;
Hélas ! avec un cœur si tendre,
Du plaisir dangereux d'aimer,
Comment pouvois-je me défendre?

Je venois d'ôter ce bandeau
Que l'erreur appelle innocence ;
L'Amour fit briller son flambeau,
Et vous parutes belle Hortence.

LA FAUSSE ANTIPATHIE

ODE IV.

Ils ont beau me parler d'amour,
A fa fœur, dit un jour Hortence ;
Pour tous les Bergers d'alentour,
Mon cœur ne fent qu'indifférence.

Je vois fans peine & fans plaifir,
Lifis quand il me peint fa flamme ;
Et jamais le moindre foupir,
N'eft encor forti de mon ame.

Il en eft un dont la beauté
Surpaffe, dit-on, l'Amour même ;
Tout Paphos en eft enchanté ;
Moi : je le hais autant qu'on l'aime.

Si tôt qu'il parle, il me déplait;
Chaque mot qu'il me dit m'offence;
Et même encor lorfqu'il fe tait,
Je ne puis fouffrir fa préfence.

Plus je l'entends, plus je le vois;
Plus on me dit qu'il eft aimable,
Et plus, fans deviner pourquoi,
Je veux le trouver haïffable.

Enfin tu le fais bien, ma Sœur,
Ma haine éclate à fes yeux mêmes;
Pour d'autres je n'ai que froideur :
Dis - moi pourquoi? .... C'eft que tu
l'aimes?

LE ROSSIGNOL
ET
LE TOURTEREAU.

O D E V.

Qu'heureux Coridon peint bien le sentiment !
Que ses tableaux sont vrais, & que sa touche
est sûre !
Il exprime tes feux, Amour, si tendrement,
Qu'on diroit que ta flamme échauffe sa peinture.

Que n'ai-je, avec mon cœur, son séduisant
pinceau,
J'aurois déja fléchi l'ingrate Célimene;
Il est le Rossignol; je suis le Tourtereau;
Il chante ses plaisirs, hélas !... & moi ma
peine.

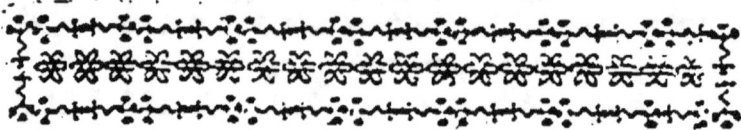

LES YEUX
DE
GLICERE.

ODE VI.

A L'Amour, hier, je difois;
Sont-ce là les yeux de Glicere?
Ils font bien auffi beaux, auffi vifs; mais ja-
mais
Ils ne fe font armés des traits de la colere.

Ami, répond-t-il, leur ardeur
A fait place à l'indifférence;
On peut être trompé, fans doute à leur froi-
deur;
Mais peut-on l'être à leur puiffance?

LE DILEMME

ODE VII.

J'AY vû l'indifférente Iris,
Rire du feu qui me dévore;
Je viens d'essuyer ses mépris,
Et cependant je l'aime encore.

Si tu crois augmenter l'ardeur
Que je ressens pour l'inhumaine,
En m'accablant de sa rigueur;
Amour, ta peine sera vaine.

Si c'est pour éteindre mes feux,
Que tu veux la rendre cruelle,
Tu ne feras qu'un malheureux,
En voulant faire une infidelle.

BOUTADE

BOUTADE.

ODE VIII.

DU bout du doigt, me montrant Isa-
    belle :
Tu peux toucher son cœur, me dit le traître
    Amour....
Qui ne l'auroit pas crû ?...Je l'aimai...L'In-
    fidelle
M'a trahi dès le second jour.

Petit Tyran ! je t'avois pris pour guide,
Et d'un sexe enchanteur j'avois reçu la loi :
Je le fuis pour jamais ; il est, ainsi que toi,
    Aussi dangereux que perfide.

E

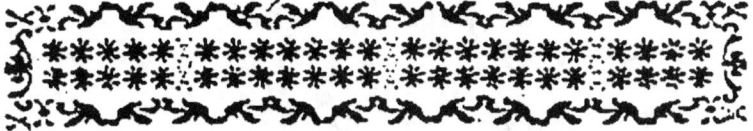

LA VRAIE
SAGESSE.

ODE IX.

A UN SEXAGENAIRE.

A vos accens amoureux,
J'ai vû fourire les Graces ;
J'entendis les Ris , les Jeux
Qui s'empreſſoient ſur vos traces.

La jeuneſſe au front riant,
Avec vous ſembloit renaître ;
Mon cœur, en vous écoutant,
Goûtoit mieux le plaiſir d'être.

Tant que j'aurai des defirs,
Une Maîtreffe, une lyre,
Je chanterai les plaifirs ;
Amour, Bacchus, & Thémire.

Suivons les Ris & les Jeux,
Le bonheur eft de tout âge :
Le plaifir nous rend heureux ;
Etre heureux, c'eft être fage.

C'eft ainfi qu'Anacréon,
Et la Fare & S. Aulaire,
Infpirés par Cupidon,
Savoient chanter, boire & plaire.

Ainfi, fous nos yeux, Ninon
Sagement voluptueufe
Jufqu'en l'arriere-faifon,
Fut fenfible & fut heureufe.

MARS
à
LA NUIT.

ODE X.

O Nuit ! que ta marche eſt lente
Et fatale à mon amour !
Je ne verrai mon Amante
Qu'avec le flambeau du jour.

Que ne peux-tu brûler du feu qui me dévore!
Que ne peux-tu ſentir l'excès de mes douleurs ?
Vénus eſt dans les bras d'un Epoux qu'elle
abhorre ,
Et laiſſe un tendre Amant en proie à ſes fureurs.

O Nuit! que ta marche est lente !
Ne peux-tu hâter ton cours ?
Tu me caches mon Amante :
Veux-tu m'en priver toujours ?

Tu fus pour Jupiter autrefois moins cruelle,
Lorsque d'Amphitrion il avoit pris les traits
Ton voile appesanti sur les yeux de sa belle ;
Lui laissoit savourer le plaisir à longs traits.

Pour le Maître du tonnerre,
Tu coulois si lentement ;
Ne saurois-tu, pour me plaire,
Couler plus rapidement ?

Mes vœux sont exhaussés, deja la tendre
Aurore
De ses premiers rayons vient dorer nos cli-
mats ;
Et je touche à l'instant où celle que j'adore,
A mes regards charmés doit offrir ses appas.

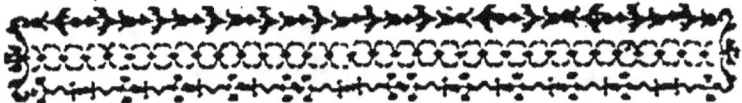

LA DIFFERENCE
D U
JOUR A LA NUIT.

O D E XI.

D U tendre objet que j'adore,
Ami, preſſe le retour ;
Ou le feu qui me dévore,
Me fera mourir d'amour.

Sûr du cœur de ma Maîtreſſe,
Je ne crains point mes Rivaux :
Mais l'excès de ma tendreſſe
Ne me laiſſe aucun repos.

Quand vous la voyez paroître,
Le cœur se sent enflammer ;
Quand vous pouvez la connoître,
Pour toujours il faut l'aimer.

Qui ne lui rendroit les armes ?
Du cigne elle a la blancheur,
Cythérée a moins de charmes,
Un agneau moins de douceur.

L'absence, pour l'ordinaire,
De l'Amour est le tombeau :
C'est dans mon cœur au contraire
Son triomphe le plus beau.

Mes jours coulent loin de Laure,
Dans les pleurs & les ennuis ;
Ce n'est pourtant rien encore,
Si je les compare aux Nuits.

LA CRAINTE
BIEN FONDÉE.

ODE XII.

Est-ce à moi de toucher là lyre
Dont se servoit Anacréon ?
Il étoit favori, Themire,
Et de l'Amour & d'Apollon.

❖

Au Parnasse comme à Cythère,
Il suivit toujours le plaisir ;
Il avoit le talent de plaire,
Et je n'en ai que le desir.

❖

Si j'ai paru tant me défendre,
De vous célébrer dans mes chants ;
C'est que je porte un cœur si tendre....
Et vous des yeux si séduisants.....

❖

L'ACCOMMODEMENT
RAISONNABLE.

ODE XIII.

PAR dépit contre vous, Thémire,
Apollon pour vous célébrer,
Vient de me refuser sa lyre :
Il dit qu'Amour doit m'inspirer.

Amour, qui se plaît à mal faire,
Et qui voit l'excès de mes feux,
A mes vœux se montre contraire
De peur qu'on ne me rende heureux.

Thémire, ma cause est la vôtre ;
Nous devons nous unir contre eux :
Trompez l'espoir de l'un des deux,
Et je vous vangerai de l'autre.

LE CAS
EMBARRASSANT.

ODE XIII.

Amour avec un sourire,
De l'Amante de Phaon;
Me disoit : veux-tu la lyre
Ou le luth d'Anacréon?

❊

L'offre, dis-je, est obligeante;
Je l'accepte, Dieu charmant.
Ah ! que la lyre est touchante !
Que le luth a. d'agrément !

❊

Flatté des sons que j'en tire
Je les reprends tour-à-tour.
Mon embarras faisoit rire,
Le tendre & cruel Amour.

❊

Fais un choix ; ou je te quitte,
Dit-il, ... Eh bien ! tu le veux ?
Le voici ... Je prends la fuite,
Et les emporte tous deux.

Il me suit plein de colère ;
Puis s'armant d'un trait vangeur,
D'une main sûre & légère,
Me le lance au fond du cœur.

Ce trait, vous le sçavez, Laure ?
Chassa ma raison soudain ;
Il est resté : mais j'ignore
Si j'ai gardé mon larcin.

Fin du second Livre.

ODES ANACRÈONTIQUES.

LIVRE TROISIÉME.

LA NAISSANCE
DE
LA COQUETTERIE.

ODE I.

ON assure que l'Amour,
Par dépit contre sa Mere,
Rendit à ses feux, un jour,
Un nouvel Amant contraire.

F

Cupidon, d'un air mocqueur,
S'applaudit de son audace;
La Déesse entre en fureur,
Rougit, pâlit, le menace.

Traître ! Voilà donc le cas
Qu'un Enfant fait de sa Mere,
Dit-elle? & tu ne crains pas
Les effets de ma colere?

Tu reçus tout de ma main,
Ailes, flambeau, traits & charmes
Ce pouvoir qui te rend vain,
Te coutera bien des larmes.

De toi, petit scélérat,
Je n'ai pû former qu'un traître;
Il m'en faut un moins ingrat,
Plus puissant, plus beau peut-ê

Si Jupin de ſon cerveau
Fit ſortir une Guerriere ;
Un miracle tout nouveau
Peut ſe faire à ma priere.

Eprouvons.... Vénus alors
D'un fuſeau s'étant frappée,
De ſa tête, ſans efforts,
Fit ſortir une Poupée.

La Nature n'eut point part
A ce dangereux ouvrage :
Car Vénus voulut à l'Art
En donner tout l'avantage.

Au flambeau qu'il alluma,
La Poupée a dû la vie ;
Et ſa Mere la nomma
Du nom de Coquetterie.

F ij

Son œil, du jour étonné ;
S'ouvre à peine à la lumiere ;
Qu'Amour en fut consterné,
Et Vénus en fut plus fiere.

Ah ! dit-elle, ah ! cher objet
De mes vœux, de ma tendresse !
Du tour que l'Amour m'a fait,
Tu me vangeras sans cesse.

Si son air est enchanteur ;
Déja ta beauté l'efface ;
L'ingrat étoit dans mon cœur ;
Viens y régner à sa place.

LE LIEU
DE
SÛRETÉ

ODE II.

Mon Ami, la Coquetterie
Me pourfuit par-tout, dit l'Amour,
Et j'ai manqué perdre la vie
Aux Champs, à la Ville, à la Cour.

Comment pourras-tu te fouftraire,
Lui répondis-je, à fa fureur ?
Tu crains bien ?... Non ; voici Glicere,
Je vais me cacher dans fon cœur.

F iij

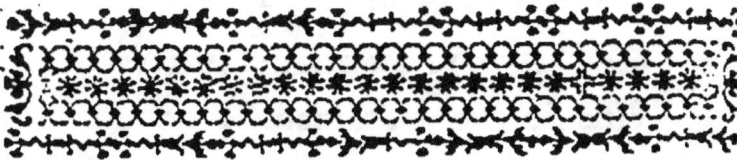

LE

PHŒNIX.

ODE III.

LE Maître orgueilleux du tonnerre
Doit à la crainte ſes autels;
L'indomptable Dieu de la guerre
A l'ambition des Mortels.

Le Soleil à ſa bienfaiſance;
Plutus à notre avidité;
Minerve à ſon expérience;
Vénus enfin à ſa beauté.

Il est un Dieu plus vif encore
Que l'Amour au malin souris ;
Plus riant que l'aimable Flore ;
Plus frais qu'Hébé, plus beau qu'Iris.

Il nâquit avec vous, Thémire ;
Il vous accompagne en tous lieux ;
Il est peint dans votre sourire,
Il étincelle dans vos yeux.

Son pouvoir sur nous est extrême ;
Il peut seul apprendre à jouir ;
C'est cependant pour lui qu'on l'aime :
Et quel est-il ? .... C'est le Plaisir.

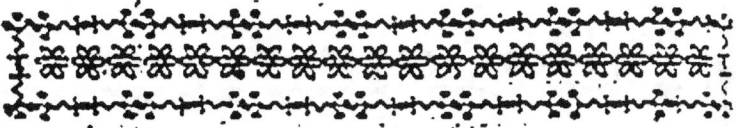

LES
ETRENNES.

ODE IV.

CUPIDON le jour de l'An
Me demandoit ses Etrennes :
Je lui dis, mon bel Enfant,
Donnes-moi plutôt les miennes ?

Tu peux, si tu veux, pour moi
Toucher le cœur de Glicere ?
Moi ! quel don puis-je te faire ?
Je suis déja tout à toi.

LE
REMEDE
PIRE QUE LE MAL.

ODE V.

POURQUOI vivre fous l'empire
De l'Amour ce Dieu trompeur ;
Tu vois bien qu'un long martyre
Eft le prix de ton ardeur ?

Ses bleffures font cruelles ;
Mais moi, dit le doux Plaifir ;
Je fçais triompher des Belles
Sans pouffer plus d'un foupir,

Crois-moi, quitte une inhumaine;
Fuis l'Amour, viens dans mes bras,
Tu feras heureux fans peine,
Sans langueur tu jouiras.

❀

A moi feul rends ton hommage;
Sois badin, vif, inconftant,
Tu plairas bien davantage
Quand tu n'aimeras pas tant.

❀

Je le crus, je voulus plaire;
Et fans confulter l'Amour,
Life, Iris, Aminte, Egere
Eurent mes vœux tout-à-tour.

❀

Eglé pleuroit un parjure,
Floridor la confola;
Le Temps r'ouvrit ma bleffure,
Et le Plaifir s'envola.

LHYMEN
ET
L'AMOUR.

ODE VI.

GARDE-TOI pour Isabelle,
Dit Hymen, de soupirer;
Elle va m'être fidelle:
Car je l'en ai fait jurer.

Tu me causes peu d'ombrage,
Répond l'Amour en riant;
J'aurai sur toi l'avantage:
Car j'ai son premier serment.

SUR LES FEMMES.

ODE VII.

AMOUR un jour me dit fort en colere;
Ce vieux Bon-fens ne fait que radoter,
Il me querelle; écoutes bien l'affaire,
Tu jugeras, je vais la rapporter :

Il me foutient que la Femme eft un Etre
Plus fin que vous, plus fouple, plus trompeur;
Elle a, dit-il, l'efprit foible, un cœur traître
L'Homme l'adore; elle fait fon malheur.

Moi, je réponds qu'il ne la connoît guere;
L'Homme corrompt fa bonté, fa candeur;
Son but eft moins de régner que de plaire;
L'Amant qu'elle aime eft tyran de fon cœur.

Amour

Amour en dit encor bien davantage,
Mais le Portrait étoit un peu flatté;
Lors le Bon-sens, qui de près l'envisage,
Sous le brillant chercha la vérité.

Le vieux Barbon commençoit à confondre
Du jeune Dieu le séduisant jargon;
Je ne sçais trop ce que j'allois répondre :
Mais je vis Laure, & l'Amour eut raison.

LA FAUSSE
RESSEMBLANCE.

ODE VIII.

POUR Eglé, Dieu de Cythère,
On te prend à tout moment ;
L'un & l'autre en l'art de plaire
Vous brillez également.

Il n'est qu'une différence
De tes triomphes aux fiens ;
C'est qu'un feul trait qu'elle lance
Bleffe plus que tous les tiens.

LE
PROBLÊME.

ODE IX.

UN petit Dieu dont l'aîle eſt ſi légere,
Qui darde au fond des cœurs ſon morte!
    éguillon;
S'étant caché dans les yeux de Glicere,
Bleſſa le vieux Plutus & le jeune Apollon.

✤

Plutus eſt dur, aveugle, atrabilaire ;
L'autre en tout ſerviroit de modele aux
    Amans :
Qui me dira ſi ce dernier ſçut plaire?
Il n'a fait que des Vers, l'autre a fait des
    préſens.

G ij

LE SENTIMENT

ET

LE GOUT.

O·D·E X.

*A Mademoiselle DUBOIS, à l'occasion
de son début.*

LE Sentiment, ce Dieu si tendre,
Et le Goût, ce Dieu séducteur,
Applaudissoient au Spectateur,
Qui se plaisoit à vous entendre.

*

C'est mon souffle qui l'anima,
Disoit l'un, Dubois me doit l'être;
Moi! dit l'autre, je suis son Maître:
Car c'est Clairon qui la forma.

*

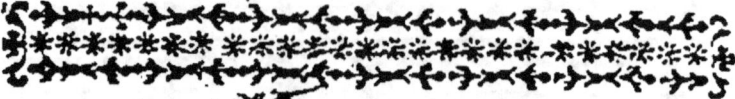

LE TRIOMPHE
DE
LA FOLIE.

ODE XI.

AH! que mon sort est glorieux,
Disoit l'Amour à la Folie;
Quoique le plus petit des Dieux,
On me doit tout jusqu'à la vie.

Tout se conduit par mon canal;
Je fais la paix, je fais la guerre,
Je fais le bien, je fais le mal
Dans les Cieux comme sur la Terre.

G iij

J'ai changé Jupiter en or :
On l'a vu taureau, cigne, aigle, homme ;
J'ai fait, je crois, bien plus encor,
J'ai brûlé Troye, & dompté Rome.

Alcide, Alexandre & César
Se sont honorés de mes chaînes ;
J'ai vu des Muphtis à mon char
A côté des Sages d'Athènes.

Si ces exploits sont bien fameux ,
Dit l'autre, c'est ce que j'ignore:
Tu crois tes Héros amoureux ?
Moi ! je les crois plus fous encore.

T'es-tu jamais passé de moi ,
Mon pauvre Enfant, parle sans feindre?
Non .... Mais je fais des fous sans toi,
Et ce sont-là les moins à plaindre.

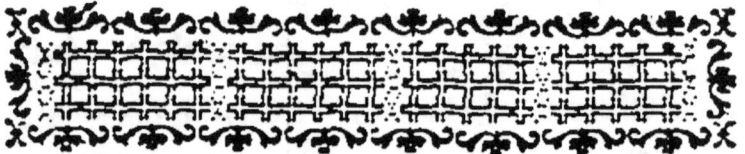

JUSTIFICATION

D E

L'AMOUR·

ODE XII.

Devenu vieux Sage par impuissance,
Saturne un jour grondoit le Dieu des cœurs ;
O pauvre Hymen, dit-il, quelle licence !
Comme on te traite ! ô siécle ! ô temps ! ô
    mœurs !

C'est toi, Cruel ! qui fais tous ces Volages;
Oui, dit l'Amour, je vais suivant le temps ;
Créez encor des Hommes qui soient sages,
Et j'en ferai des Amans plus constans.

L'AMANT
RÉVOLTÉ.

ODE XIII.

Depuis que sur cette rive,
Je t'ai vu, belle Ninon,
Ma lyre tendre & plaintive
Ne répéte que ton nom.

✳

En Amant soumis, fidele,
J'ai toujours suivi ta loi;
Et tu me défends, Cruelle,
De soupirer devant toi.

✳

Je ne sçaurois me contraindre,
Tu sçus trop bien m'enflammer:
Ou permets-moi de me plaindre,
Ou promets-moi de m'aimer.

✤

SECRETS DE L'ART
A
LA COQUETTERIE.

O D E   X I V.

TU feras bien plus jolie
Quand tu fçauras mes fecrets;
Dit à la Coquetterie
L'Art, en détaillant fes traits.

Ton œil paroît trop fincere;
J'y voudrois voir tour-à-tour
La douceur & la colere,
L'indifférence & l'amour.

Que ton air, que ton sourire,
Soit plus fin, mieux concerté,
Et que tout en toi respire
La piquante Volupté.

Quand ta gorge à demi-nue
Fait naître un tendre soupir,
Voile-la, baisse la vue
Pour irriter le desir.

Si l'Amant prenant le change,
Ne songeoit plus à la voir,
Un rien que la main dérange,
Peut la faire appercevoir.

On prend un baiser par ruse,
D'abord il faut t'y prêter :
On devient pressant, refuse ;
Mais toujours sans rebuter.

Un Soupirant vient te dire
Qu'il est las de tes mépris,
Désarmé par un sourire,
Qu'il retourne plus épris.

Dix Amans seront peut-être
A ta toilette un matin,
Que chacun se figure être
Plus heureux que son voisin.

Tout mot doit être un mystere,
Chacun doit avoir le sien;
Souvent il suffit de faire
Un clin-d'œil, un geste, un rien.

Pour voir jusqu'où ta victoire
Peut s'étendre sur un cœur,
Affecte de ne pas croire
Ce qu'il dit de son ardeur.

Si cependant il te preſſe
D'être ſenſible à ſes feux,
Raſſure un peu ſa tendreſſe
Et laiſſent parler tes yeux.

Lorſqu'on dit, je vous adore ;
Un refus fait tendrement,
Eſt bien plus piquant encore
Que l'aveu le plus charmant.

Pour garder ton caractere ;
Contente-toi de charmer ;
C'eſt toujours un bien de plaire ;
Souvent un malheur d'aimer.

Fin du troiſiéme Livre.

ODES
ANACRÈONTIQUES.

LIVRE QUATRIÉME.

A L'AMOUR
SUR
ANACREON.

ODE I.

SAVANT dans l'art de jouir & de plaire,
Anacréon a chanté tes faveurs,
Amour ; & moi, plus tendre ou plus sincere,
J'ai célébré jusques à tes rigueurs.

H

De cent Beautés même, dans sa vieillesse,
Il court encor encenser les appas ;
Pour éprouver tes transports, ton ivresse,
Amour, sçais-tu combien j'ai fait de pas ?

J'en ai fait plus que tu n'as cru peut-être ;
Que ce soit dit, au moins sans te flatter,
J'en ai fait deux d'abord pour te connoître ;
J'en ai fait cent depuis pour t'éviter.

L'ANTI-LUCRECE.

ODE II.

Dialoguée entre un POETE &
L'ORACLE de Delphes, contre
ce Principe de Lucréce : la crainte
fit les Dieux.

LE POÉTE.

DANS cette respectable enceinte
D'où vient cette foule d'Autels ?
Est-ce d'amour, est-ce la crainte
Qui conduit ici les Mortels ?

❋

S'il est vrai qu'Apollon m'éclaire,
Satisfais mon juste desir ;
Quel Dieu le premier sur la terre
Reçut notre encens ?

L'ORACLE.

Le Plaisir.

H ij

LE POETE.

Mais son existence est peu sûre ;
Si l'on en croit le Sage.

L'ORACLE.

Erreur.

LE POETE.

Quel fut son temple ?

L'ORACLE.

La Nature.

LE POETE.

Et l'autel de ce temple ?

L'ORACLE.

Un cœur.

⁂

LE POETE.

Ah ! s'il est ainsi que l'on nomme
L'autel qui servit en ce jour ;
Quelle étoit la victime ?

L'ORACLE.

L'homme.

LE POETE.

Et qui sacrifioit ?

L'ORACLE.

L'Amour.

Les Mortels fentoient fon atteinte
Quand la frayeur vint les faifir :
Comment connoîtroit-on la crainte
Sans l'Amour & fans le Plaifir ?

※

De leur tranquille jouiffance,
On goûta d'abord les douceurs ;
Et pour eux la reconnoiffance
Fut le premier tribut des cœurs.

LA DOUBLE COURONNE.

ODE. III.

A l'occasion d'une Couronne donnée par une femme au vainqueur de Fontenoy, & d'une autre au vainqueur de ✶✶✶✶.

Vous qui chériſſez tour-à-tour
Les fureurs de Bellone & les tendres allarmes;
Qu'un laurier préſenté par les mains de l'A-
mour,
Pour vos cœurs doit avoir de charmes !

❅

Ainſi vous imitez le fier Dieu des combats;
Le même éclat vous environne,
La Victoire rapide eſt toujours ſur vos pas;
Et toujours Vénus vous couronne.

PARALLELE D'ALEXANDRE ET DE CÉSAR.

ODE IV.

ENtre ces deux Héros l'Univers se partage;
Tous deux, disoit l'Amour, aussi hardis
   qu'heureux,
Dans les vastes Etats que leur foudre ravage,
Je vois qu'on les adore en combattant contre
   eux.

�֎

Au milieu des horreurs que fait naître la
   guerre,
Les Arts de tous côtés accouroient à leurs
   voix;
Le charme du plaisir endormit leur tonnerre;
Et jusques dans leur camp vint recevoir leurs
   loix.

La Nature obéit à leurs ordres suprêmes ;
La terre s'embellit sous leurs pas triomphans,
Les plus affreux deserts se transformoient
d'eux-mêmes
En superbes Cités , en pompeux Monumens.

Cependant de mes traits ils n'ont pû se défendre ,
Et Bacchus , comme moi , les vit suivre son
char ;
Mais souvent en Tyrans nous traitions Alexandre ,
Et nous fumes toujours esclaves de César.

RÉFLEXION DU SAGE.

Malgre le vif éclat dont rayonne la Gloire ,
Quand sa main , à leur char , enchaîne la Vic-
toire ,
Je vois sans être ému ses charmes dangereux ;
Elle fait des Héros , & non pas des Heureux.

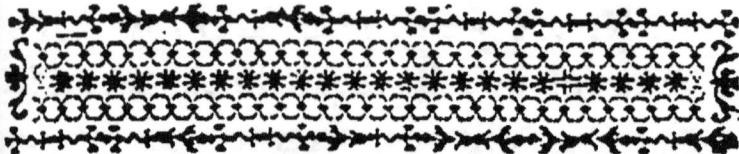

S U R
LES SAGES
E T
LES CONQUERANS.

O D E V.

Dialoguée entre les Ombres de
MONTAGNE & de SADY.

MONTAGNE,

Quel Sage ou quel Conquérant,
Si nous en croyons l'Histoire,
S'est couvert de plus de gloire;
Et te semble le plus grand?

SADY.

Des fiers Tyrans de la terre,
Cyrus (*a*) fut le plus humain,
Alexandre le plus vain,
Pyrrhus le plus mercénaire.

❊

Gingiskan le plus heureux,
Charles le plus implacable,
Thamas le plus odieux,
Et César le plus aimable.

❊

MONTAGNE.

Le vainqueur de Maraton (*b*)
Fut moins utile à la Grece,
Que le Maître de Platon (*c*)
Ne le fut par sa sagesse.

(*a*) Je mets au rang des Tyrans de la terre un Roi qui en condamne un autre à être brûlé pour avoir pris le parti de ses ennemis.

(*b*) Miltiade gagna une bataille contre les Perses, qui rendit les Grecs plus fiers & plus redoutables.

(*c*) Socrate leur enseigna une morale qui les rendit plus sages & plus éclairés.

Le Socrate des Chinois (*d*),
à des Prêtres, à des Rois
Montra la vérité nue,
Et n'a pas bu la ciguë.

❀

Antonin, Trajan, Titus,
Maîtres du monde & d'eux-mêmes,
Ont régné par leurs vertus
Plus que par leur Diadêmes.

❀

Solon, Licurgue & Numa,
Sous des Loix nous ont fait vivre;
Montesquieu les surpassa,
On l'admira sans le suivre.

❀

S A D Y.

Sur tant de Mortels fameux,
Le Chinois a l'avantage;
Il fut plus grand qu'eux, plus sage,
Plus utile & plus heureux.

(*d*) Malgré le respect que je porte à Socrate, il
faudroit, pour qu'il fût le plus grand des hommes,
qu'il n'eût pas existé un Confucius qui étoit à la fois
Légiflateur, premier Miniftre, Philofophe, Théo-
logien & Citoyen.

❋❋❋❋❋❋❋❋❋❋❋❋❋❋❋❋❋❋❋❋❋❋❋❋

OUI ET NON.

ODE VI.

Dialoguée entre MENTOR & TELEMAQUE.

MENTOR.

Mon Fils, sçais-tu qu'Amour est bien à
   craindre,
Et qu'aucun Dieu n'est si méchant que lui ?
Sçais-tu qu'on est presque toujours à plaindre
Dés-lors qu'on vient à sentir ses traits ?

TELEMAQUE.

Oui.

✳

MENTOR.

A ton avis, est-ce un malheur extrême
De fuir l'Amour pour suivre la Raison ?
Et le plaisir, au moment que l'on aime,
Egale-t-il la peine qu'on a ?

TELEMAQUE.

Non.

MENTOR.

MENTOR.

Lequel vaut mieux ou du feu qui t'enflamme
Ou de la paix dont ton cœur a joui?
Ce calme pur, cet extafe de l'ame,
Eft-il un bien plus fatisfaifant?

TELEMAQUE.

Oui.

✳

MENTOR.

Veux-tu fçavoir tout ce qu'il faut pour plaire,
De l'or, des airs, un minois, du jargon?
As-tu penfé qu'il foit bien néceffaire
Sans tout cela de fe chagriner?

TELEMAQUE,

Non.

✳

MENTOR.

Entre les bras d'une Maîtreffe aimable,
Un vain éclair de bonheur a-t-il lui,
La joie eft courte, & la peine eft durable?
Ainfi que moi le penfes-tu bien?

TELEMAQUE.

Oui.

I

M. E N T O R.

Au fol espoir & d'aimer & de plaire
A l'avenir tu renonceras donc?
Tu vas donc fuir dès aujourd'hui Glicere,
Et recourir à la liberté?

T E L E M A Q U E.

Non.

SUR M. L. C. D. T.

ODE VII.

A l'occasion de son Discours sur la Mort de M. de MAUPERTUIS, dont il avoit fait présent à l'Auteur.

Dialoguée entre la Marquise du CHATELET & MAUPERTUIS.

LA MARQUISE DU CHATELET.

Quel sage & brillant Pinceau
T'a prêté de nouveaux charmes?
Qui répand sur ton tombeau
Tant de fleurs & tant de larmes?

MAUPERTUIS.

Des Amours & de Newton,
C'est l'ami le plus fidéle;
Tu l'aurois pris pour second,
Et Chaulieu pour son modéle.

AUX
PHILOSOPHES
DU JOUR.

ODE VIII.

Que de soins! que de travaux,
Pour qui court après la gloire!
Que d'Amans! que de Rivaux
Se disputent la victoire!

Mais que le triomphe est doux,
Quand du séjour du tonnerre
On voit l'Envie en courroux
Baisser son front vers la terre.

Vous, dont les brillans Ecrits
Semblent diviser la France,
Philosophes, Beaux-Esprits,
Qu'on déchire & qu'on encense.

D'un œil sec, d'un front serein,
Regardez la pâle Envie,
Qui répand son noir venin
Sur le cours de votre vie.

Faites-vous un nom fameux,
Vivez longtemps dans l'Histoire :
Moi ! je vis pour être heureux ;
Le plaisir vaut bien la gloire.

A LA PAIX.

ODE IX.

Déesse de la Paix, hélas! je viens encore
Tomber aux pieds de tes Autels;
Mais ce n'eſt plus pour moi que je t'implore,
C'eſt pour les malheureux Mortels.

❧

Le Dieu brillant qui les éclaire,
Diſſipe d'un regard les ombres de la nuit;
Parois, & fais rentrer dans les flancs de la
terre,
L'affreuſe mort qui les pourſuit.

❧

Raſſure la mere tremblante,
Rends le pere à ſon fils, rends le frere à ſa
ſœur;
Des bras ſanglans de Mars arrache le Vain-
queur,
Pour l'unir à ſa tendre Amante.

Ah! qu'il me feroit doux de vivre fous ta loi!
.Toujours aimé, toujours Amant d'Hor-
 tence;
 Mais j'en ai perdu l'efpérance.
 Le bonheur eft-il fait pour moi?

 Malgré les vents & le tonnerre,
Tu fçais calmer les flots de la mer en fureur;
 Ton fouffle éteint le flambeau de la guerre
Et des plus grands Héros affoupit la valeur;
 D'un mot tu peux changer la terre;
 Et tu ne peux rien fur mon cœur.

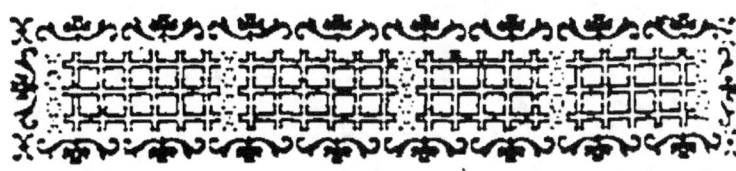

LE JUGE
A
LA MODE.

ODE X.

Dialoguée entre le P A R T E R R E
& L'A M O U R.

LE PARTERRE.

Sois le Juge, Cupidon,
Puisqu'ici ta voix domine ;
Qui vaut mieux de Crébillon ;
De Corneille ou de Racine ?

L'AMOUR.

Je ne me trouvai jamais
Si grand, que lorsque Corneille ;
Par d'inimitables traits ,
Sçut étonner mon oreille.

D'un beau feu Racine épris,
Quand il a peint la tendresse,
A mis plus de coloris,
Plus de goût, plus de finesse.

Après eux vint Crébillon;
Un feu dévorant l'enflamme;
C'est un brûlant tourbillon
Qui porte l'effroi dans l'ame.

S'il faut que je fasse un choix;
Si l'on me force à le dire,
Ils me plaisent tous les trois;
Mais ils n'ont pas fait Zaïre.

ADIEUX
A,
L'AMOUR.

ODE XI.

Dans le Temple de Paphos,
Amour, j'ai remis ta lyre ;
Je ne suis plus les drapeaux
De l'impérieuse Emire.

Emire a bien des appas ;
Mais elle est comme la Rose,
Dont l'éclat ne guérit pas
La piquure qu'elle cause.

Je la quitte pour toujours;
Je suis las de ses caprices.
Déja coulent mes beaux jours
Sous de plus heureux auspices.

Je n'ai pas juré pourtant
De te fuir toute ma vie ;
Sans la Raison qui m'attend,
J'irois trouver Emilie.

Devant moi luit le flambeau
De cette Déesse altiere ;
Elle arrache le bandeau
Que tu mis sur ma paupiere.

Je suis avec les neuf Sœurs
Sur les bords de l'Hipocrene ;
Je fais parler les douleurs
De la sombre Melpomene.

Dès que j'aurai dans mes Vers
Chanté l'hönneur de la Grece,
Les vertus & les revers
Du martyr de la Sageſſe.

'Alors entouré des Jeux,
Et conduit par la Folie,
Je reviens puiſer tes feux
Dans les beaux yeux d'Emilie.

Fin du quatriéme & deʃnier Livre.

EPODES.

A L'ILLUSION.

EPODE I.

ILLUSION dont la magie
Est l'ame des plaisirs & le charme des sens,
C'est toi qui fais le bonheur de la vie,
Et c'est à toi que j'offre mon encens.

La vérité désespérante
Cherche à nous détromper de nos douces
erreurs ;
Le prisme heureux que ta main nous pré-
sente,
Embellit tout des plus vives couleurs.

K

De la fidélité d'Egere
C'est toi qui si souvent me rendis glorieux ;
Tu me la peins comme une beauté fiere
Qui soumet tout au pouvoir de ses yeux.

Tu sçus adoucir mon martyre
Je n'aurois pu, sans toi, supporter ses mépris.
Toi seule, enfin, d'un regard, d'un sourire
A mon amour exagéra le prix.

Eloigné de ma tendre Amie,
Offre-la-moi toujours sensible à mon ardeur,
Fais que jamais la noire jalousie
De son venin n'ose abreuver mon cœur.

Je trouve le bonheur suprême
Dans les bras d'Apollon, de l'Amour & des
Jeux.
Illusion reste toujours la même,
Et je serai toujours heureux.

L·A SIRENE·

EPODE II.

A une Demoiselle de 17 ans, qui a mis en musique quelques-unes de mes Odes.

Qu'a sous vos doigts
Ma Lyre est séduisante !
Qu'elle devient intéressante,
En lui mariant votre voix !

De l'éclat frappant de vos charmes,
Déja l'Amour étoit jaloux ;
Hélas ! pour triompher de nous,
Falloit-il encor d'autres armes ?

L'AVEU SINCERE.

E P O D E I I I.

A une Actrice de la Comédie Françoise en lui envoyant les Odes.

J'ai chanté l'amour & ses flammes;
Que n'ai-je célébré vos talens enchanteurs
   Et cette voix qui fait couler nos pleurs,
   Et ces beaux yeux qui régnent sur nos ames?

Ah! si j'avois permis à mon Luth amoureux,
   Belle Chloé, de l'entreprendre,
Je ne dis pas qu'il eût reussi mieux,
   Mais je sens bien qu'il eût été plus tendre.

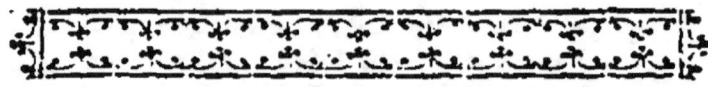

A LA SAGESSE.

EPODE IV.

O TOI que l'homme encenſe & qu'il ne
    connoît gueres,
  Toi que préféroit Salomon,
  A tous les biens imaginaires,
Aux tréſors de la terre, à l'éclat d'un vain
    nom.

Sageſſe, don du Ciel! ô ſeul bien véritable!
  Mere de la ſolide Paix!
  Source de la gloire durable!
Puiſſe-tu dans mon cœur habiter pour jamais.

Sans toi le repentir marcheroit à ma ſuite;
  Conduis ma main dans mes écrits;
  Ouvre les yeux ſur ma conduite,
Mais ſans effaroucher les Amours & les Ris-

De ces tendres enfans l'essain vif & folâtre
    Sur tes pas sémera des fleurs,
    Et des Muses que j'idolâtre
Me fera mieux goûter les tranquilles faveurs.

Amour jusqu'à présent fit soupirer ma lyre,
    Fais-la raisonner à ton tour :
    Je n'en aime pas moins Emire.
On peut chanter Socrate & célébrer l'Amour.

Cependant si tu vois que l'Envie homicide
    Soit prête à s'élancer sur moi,
    O Sagesse ! sois mon Egide !
Que ses traits dangereux s'émoussent contre
        toi !

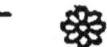

Ou bien si quelque jour la dent de la Satyre
    Fait saigner mon sensible cœur,
    Qu'elle ait plutôt le pouvoir de me nuire,
    Que de m'inspirer sa fureur !

Fin des Epodes.

TABLE

DES

ODES.

LIVRE PREMIER.

K

TABLE

LIVRE SECOND.

LIVRE TROISIÉME.

LIVRE QUATRIEME.

TABLE DES ODES.

Fin de la Table.

J'ai lu par ordre de Monseigneur le Chan-
celier un Manuscrit qui a pour titre : *Odes
Anacréontiques*, & je n'y ai rien vu qui
m'ait paru devoir en empêcher l'impression.
A Paris ce 9 Décembre 1761. BRET.

De l'Imprimerie de SEBASTIEN JORRY
rue & vis-à-vis la Comédie Françoise.

www.ingramcontent.com/pod-product-compliance
Lightning Source LLC
Chambersburg PA
CBHW060832250626
47162CB00005B/2035